KB267551

# 나도 가끔은 너로 살고 싶다

나도 가끔은 너로 살고 싶다

# 나도 가끔은 너로 살고 싶다

좋은땅

# 글 순서

글에 들어가며


많은 길을 돌고 돌아,
지금이라는 정류장에 잠시 머물고 있습니다.

삶을 조금이라도 더 가볍게 해 보려고
바깥으로만 향해 있었던 내 모든 노력의 방향을
이제, 천천히 내 마음 안으로 돌려놓고 있습니다.

일상에서 보고, 듣고, 느끼는 사소한 것들이
내 삶에 얼마나 큰 울림과 변화를 주는지
하나씩 체험하며 살아가고 있습니다.

사실은,
이미 내 안에 존재하고 있었지만
내 무지와 외면으로 인해 가려져 있던 마음의 고요.

이제는 그 고요를 향해
글로써 한 걸음씩 내디뎌 보려 합니다.

그리고 이 모든 글이

오랫동안 내가 나에게 되뇌어 온 이 말처럼,

당신의 마음에도 같은 위로와 무게감으로 잔잔히 닿기

를 바랍니다.




"괜찮아.

그럴 수 있어.

너만 그런 거 아니야."

# 작가의 기도

길 떠나는 이에게
길동무가
상처받은 이에겐
위안이 되어 주고


울고 싶은 이에게
기댈 어깨가
실패하고 좌절한 이에겐
다시 일어설 용기가 되어 주며


외로운 이에겐
말벗이
길을 잃고 헤매는 이에겐
나침반이
노래하는 사람에겐
악보가 되어 주는

늘

곁에 있어도

그리운

그런 글이 되게 해 주소서.

## 토닥토닥


내 마음이
이렇게 힘들어하는 것도


여기저기
정착하지 못하고 떠도는 것도


하는 일마다
뜻대로 잘 풀리지 않는 것도


노력해도
상황이 좀처럼 나아지지 않은 것도


……


먹구름이 끼면
비가 오고

여름 되면 더워지고
겨울 되면 추워지는 것만큼이나 분명한

그런 이유가 있을 거야

그리고
이 시기가 지나면 반드시
지금을 웃으면서 추억할
그날이,

그날이 올 거야.

## 내가 나에게

늘 내 주변을 채워 주던
영원할 것 같던 내 인연들은
소란스레 머물다
서로 다른 여운을 남긴 채 모두 사라지고

결국,

마지막까지 남아
날 보듬어 지켜 선 너는,

이 모든 시련을 함께하며
내 곁을 지켜 주겠노라 말하는 너는,

사랑이고 연민이다

기꺼이 옆자리를 허락한
눈물겨운 고마움이다.

# 사실은

오늘
내가
가장 많이 한 말
"괜찮아"


가장 많이 삼킨 말
"사실은"

# 옥탑방에서의 다짐

숨을 멎게라도 하려는 듯
사정없이 덮쳐 오는 한여름의 열기를
온몸으로 받아내며
세 평 남짓 내 자취방이 시름시름 앓고 있다

선풍기 하나로는
어림도 없다
몇 번인지도 모를 만큼
화장실을 들락거리며 물을 부어 댄다

에어컨도 없는 옥탑방,
아랫집들을 살리기 위해
온종일 열심인 실외기를 향한
내 원망이 한계를 만난다

도저히 안 되겠다

주변 공사장에서
널찍한 나무판자 두세 개를 주워다가
방문을 향해 미친 듯 뜨거운 날숨을 쏟아내는
실외기의 입을 막아 버린다

그래 너도 숨 막혀 보라는 듯

저녁이 되어도
오후 내내 열받은 내 방은
쉬이 화를 내려놓지 못하고
지치지도 않는 이놈의 실외기는
내 가난함을 더 몰아세우며 세차게 돌아간다

누군가의 뽀송함은
누군가의 끈적함으로 태어나고,

저 멀리 보이는
동네에서 제일 높은 빌딩을 바라보며
눈물의 다짐을 한다

“그래, 20년 후 넌 내 거야”

그리고
20년이 흐른 후,
……


아무 일도 일어나지 않았다.




“그래, 20년 후 넌 내 거야”

# 그나마 다행이야!


몰라
그냥 웃겨
혼자 남겨졌는데
자꾸 웃음이 나

몰라
그냥 웃겨
이렇게 마음이 무너지는데
자꾸 웃음이 나

그나마
다행이겠지?

곱게 미쳐서.

# 고독 vs 외로움(1)

분위기 좋은 카페에서
음악이 귀에 들어오면 고독이고
오가는 사람들이 눈에 들어오면 외로움이다

여행 갈 때
혼자 가서 셀카 사진 넘쳐나면 고독이고
돌아와 보여 줄 사람 없으면 외로움이다

혼자 술 마실 때
배달시킨 안주가 기다려지면 고독이고
"너밖에 없다"며 거울에 건배하면 외로움이다

집에 혼자 있을 때
초인종 소리 귀찮으면 고독이고
혹시 고장은 아닌지 내가 눌러 보면 외로움이다

길을 걷다가
낙엽 밟는 소리 정겨우면 고독이고
가다 말고 자꾸 뒤돌아보면 외로움이다

고독은
내가 부른 벗이고,
외로움은
불쑥 찾아와 마음 끝을 흔드는
불청객이다.

# 이대로

비 오는 늦은 오후
창밖을 보고 있노라니
떠오르는 얼굴 하나

창을 두드리는
빗방울의 강약에
장단이라도 맞추려는 듯
심장이 두근대기 시작한다

우리
이대로
괜찮은 걸까

금세
그 얼굴이 눈물이 되어
또르르
두 뺨을 구르고

훔쳐내는 내 손끝
위태롭게 매달린 눈물방울을
털어내지 못하고 지켜 서 있다

어차피
잊지도
잊히지도 않을 인연인 걸 알면서도

혹여나
그렇게 되어 버리지는 않을까

노심초사
내 마음은
저녁이 깊도록

어찌할 줄 몰라
여전히
손끝에만 서성이고 있다.

# 그땐 이해해 주지 못한 것들

책 읽기 싫어
공부하기 싫어

운동하러 나가기도 싫고
친구들 사귀는 것도 싫어

학원 가기 싫어
아침밥 먹기 싫어

숙제하기도 싫고
학교 가는 것도 싫어

머리 깎는 것 싫어
목욕하는 것 싫어

옷 갈아입는 것도 싫고
일찍 자는 것도 싫어

아들아,
그럼 넌 뭐가 하고 싶니?

대답하는 것도 싫어.

# 내 안의 나

집으로 돌아오는 길
어깨가 천 근이다

왜 그랬을까
그럴 것까진 없었는데
결국
그렇게 하고 만 내가 원망스럽다

아니야
그럴 만도 했지 뭐, 안 그래?
또 다른 내가 거들고 나선다

후회스러운 행동을 한 '나'
그런 나를 원망하는 '나'
또 그런 나에게 그럴 만도 했다고 말하는 '나'

몸뚱어리 하나에 대체
몇 명의 '나'가 존재하는 건지


나도
내가 누군지 잘 모르겠다.

# 닮아 있네

수명이 다한 치약

두 엄지손가락으로
꾹꾹 눌러 짜다가
잠시 생각에 잠긴다

그러다,
가위를 가져와
배를 가르고
마지막까지 싹싹 긁어
칫솔에 묻힌다

분명,
끝까지 남겨진
이 자투리도

소임을 다하고 사라져 간

앞선 나머지들처럼
그 쓰임을 기대하며 자신의 순서를 기다렸을 터

그 기회마저 빼앗기고
버려질 운명에 마주함을 바라보는
내 안타까움의 표현이었을까

아니, 어쩌면

지금껏
희망이란 이름으로 고문을 해 가며
그렇게 찾으려 애썼던,

그러나
헤매고 방황하다
그 기회조차 가져 보지 못하고
사라질지도 모를,

'네 쓸모'에 대한
연민의 투영은 아니었을까.

# 성적표

알려고 하지도 말아야
보고도 잘못 봤나, 다시 보지 말아야
이게 왜 이렇냐 묻지도 말아야
배우자의 학창 시절 들먹거리지 말아야
그게 뭐 대수냐, 썩은 미소라도 지어야

그래야

나도 살고
애들도 대학 간다.

# 좋은 거래

가게 주인은,
오늘 많이 남는 장사였어

손님은,
오늘 저렴하게 잘 샀어

사실이야 어떻든

돌아서서
서로 만족하면 그만이다.

# 고독 vs 외로움(2)

라면을 끓이면서
계란을 한 개 넣으면 고독이고
두 개 넣고 멍하니 바라보면 외로움이다

창밖을 보다가 갑자기
피식 웃음이 나면 고독이고
울컥 눈물이 나면 외로움이다

헤어진 사람
어딘가에서 잘 살고 있겠지, 하면 고독이고
어디서 살고 있을까? 하면 외로움이다

"난 혼자가 편하고 좋아"
하면 고독이고
"난 혼자 살 팔자인가 봐"
하면 외로움이다

내가 찾아가지 않으면 고독이고
아무도 날 찾아오지 않으면 외로움이다

고독은
내가 열어 준 틈으로 들어오고
외로움은
닫힌 문을 밀고 들어온다.

# 가슴앓이

가끔은,
보고 싶다는 표현으론 부족한
그런 그리움이 있다

가끔은,
그립다는 표현으론 부족한
그런 애틋함이 있다

또 가끔은,
뭘 해도 소용없이
속 깊이 파고드는
그런 가슴 아림이 있다

'항상'이라고 하면
너무 가볍고
초라해 보일까 봐

그냥,
가끔이라 말하지만

사실은
매일매일
그 '가끔'이 찾아온다.

# 미안해, 진심으로

얼굴을 마주하고
사과하지 않는다 해서
미안해하지 않는 건 아니다

네 마음에 와닿지 않는다 해서
진심이 아닌 것도 아니다

너무 미안해지면,
얼굴을 마주할 수도
말을 꺼낼 수도 없는 순간이 오기도 한다

글로 표현한다고 해서
다 비겁한 것은 아니다

그 글을 쓰기 위해
얼마나 오랫동안
눈물을 흘렸는지

너는 모르고
나만 아는 거니까,

어떤 때는
내가 하는 사과는

불렀으나 돌아오지는 않는
공허한 메아리가 되고 만다.

# 만족감의 비밀

애쓰고 노력해서
얻은 만족감은
생각보다 오래가지 않는다

강렬한 만큼,
놀랄 만큼 빠르게 사라진다

그토록 원하던 것이
소원처럼 빌던 일이
주어지고, 현실이 되었음에도

오래지 않아,
언제 그랬냐는 듯
새로운 바람과 소원 속에
묻히고 만다

오히려,

지금, 이 순간
이미 내가 가진 것들에
만족하고 감사하는 마음은


은근하고 따스하게
꽤나 오래도록
곁에 머문다


온돌방 아랫목처럼.

# 마음의 무게

내려놓음은
들고 있음에 대한 저항이며,
그동안의 힘듦으로부터 벗어나려는
자발적 의지의 몸부림이다

우리는 많은 것을
이고, 지고, 또 메고
그렇게
견디고 버텨 내며 살아간다
현생의 운명인 양

물건을 옮길 때는
그 무게에서 벗어나려
서둘러
내려놓을 곳만 찾으면서도

이별의 아픔
과거의 상처
그리고 그 수많은 집착의 무게들은
내려놓질 못해
미련이란 이름으로 힘겹게 버티고 있다

내 삶이
결코 가벼워질 수 없었던 이유

까짓거,
툭툭
털어 버리고
놓아 버릴 만도 하건만

이미
내 안에 스며들어
한 몸이 되어 버린 이 마음들을

어찌하면
좋을까.

# 가능하지 않은 일

많은 사람을 알지만
모두와 좋을 수는 없다

내가 아무리 애써도
나를 싫어하는 사람
내가 아무것도 하지 않아도
왠지 내게 호감을 느끼는 사람

또, 이도 저도 아닌,
아예 관심조차 없는 사람들

그런데도 난,

나를 싫어하는 이들에게
대부분의 에너지를 쏟는다
불편한 것이다
누군가가 나를 좋아하지 않는다는 사실이

어찌 모든 사람이
날 좋아할 수 있을까

알면서도
그 마음의 불편함을 어찌할 줄 몰라
오늘도 엉뚱한 곳에
시간과 노력을 허비하고 있지는 않은지…

'잡은 고기에
미끼를 주지 않는다' 하는 것은

결국은
나를 외롭고 힘들게 할
씨앗을 심는 일이다.

## 프로포즈

많이 바빠?

응

도대체 언제 시간이 나?

왜?

시간이 나야
결혼식에는 나타날 수 있잖아

……


인생에서
너무나도 중요한 결정도
때로는
엉뚱한 농담으로 현실이 되기도 한다.

# 놀아줘

모르면서
아는 척

없으면서
있는 척

할 일도 없으면서
바쁜 척

연락 한 번 없다가
아쉬울 때 나타나서
친한 척

뭘 잘못했는지도 모르면서
미안한 척

이렇듯
혼자 놀면 몹쓸 '척'인데,


어렵고 힘든 일도
척척 해내고

말 안 해도 내 마음
척척 알아주고

없이 살지만 기부도
척척

요리도, 살림도
척척

이렇게
같이 붙어 있으면 얼마나 좋아

그러니
우리도

따로 놀지 말고
같이 놀자, 제발.

# 소통

심지어
외국을 나가서도

난 어색해한다
혼자 식당 가는 것을

그래서 되도록
손님이 덜한 곳을 골라
간단한 걸 시켜서 빨리 먹고 나온다

오늘도
한적한 식당 한 곳을 골라 밥을 먹고
계산서를 달라고 'Bill please' 했더니
뜬금없는 맥주를 갖다준다

좀 당황하긴 했지만,
두 손으로 조심스레

테이블에 맥주를 두고 가는
주인아주머니의 어색한 정성에

그래
맥주 한 잔만 하지 뭐

잠시 후,
다시 계산서를 달라 하니
이번에도 두 손으로 조심스레 건네준다, 맥주를.
뽀오얀 거품 가득한

뭐지?

어리둥절 내 표정을 대하는
아주머니의 눈빛이 불안하다.

잠시 후,
배달 갔던 딸이 돌아오고서야 알게 됐다
'Bill please'를 'Beer please'로 들었다는 것을

누굴 탓하겠는가
오히려
영문도 모른 채 내 눈치를 살폈을
아주머니에게 미안해졌다


오래전,
저녁을 먹으려 막 앉으려는데
유치원에서 배운 영어라며 아들 녀석이,


“아빠, 식당 플리즈” 하길래,
“밥 다 차려 놨는데 식당은 무슨, 담에 가자”
“……”


나중에,


‘Sit down please’로 밝혀졌던,
황당했던 기억이 오버랩된다.

# 개뿔

나이 오십
지천명이라 했던가

세상의 이치,
하늘의 뜻을 아는 나이라 했던가

두 눈 멀쩡하게 뜨고도
매일 보는 사람
서운한 표정 하나 제대로 알아채지도 못하면서

보이지도 않는 하늘의 뜻은 무슨…

개뿔.

# 인식의 차이

까치가 울면,
반가운 손님이 찾아들고
좋은 일이 생길 것 같다 했던가

까마귀가 울면,
왠지 모르게 불길하고
나쁜 일이 생길 것 같다 했던가

자주 듣다 보니
익숙해지고,
그러려니 하게 되고,
별 의심 없이 그냥 그렇게
의식 속에 자리하게 되었을 거다

사실,
까치가 울어 복권에 당첨될 확률은
까마귀가 울어 그 복권을 잃어버릴 확률만큼이나

희박하지 않을까

살아가면서도,

내려놓고 말하다 보면 다 편안해지고
힘을 빼고 듣다 보면 다 이해될 것을,

내 상식
내 경험
내 가치관에 갇혀

근거 없는 이야기들에
의심 없는 의미를 부여하며
그렇게 살아가고 있지는 않은지.

# 산사의 새벽

고단한 한 주를 보낸 이들이
아직 이부자리를 벗어나지도 못했을 주말 새벽

얇은 햇살이
칠흑 같은 어둠을 뚫고
대웅전 처마 끝에 부딪힌다

관세음보살
관세음보살

염불 소리 그윽하고

법당에선
한 무리의 여인네들이
간절함을 담아
연신 몸을 조아린다

보드라운 바람이
처마 끝 풍경을 깨우고
또 그 찰랑거림이
근처에서 약수를 뜨는 사람들의 가슴속으로 스민다


늦잠을 잔 것인지
법당으로 허둥지둥 뛰어가다
저만치 날아가 버린 고무신 한 짝을 찾아
두리번거리는 동자승


이를 보고
눈치도 없이 깔깔대는
또래 꼬맹이의 철없는 웃음소리가
고요한 산사의 아침을 깨우고


관세음보살
관세음보살


노스님의 잔잔한 염불 소리는
목탁 소리에 실려

법당을 향해 합장하는 내 손끝에 잠시 머물다
대웅전 지붕 끝을 돌아
기도하는 이들의 업보를 짊어지고


하늘로, 하늘로 오른다.

# 내 삶의 시제는

라이브 음악이 한창인
카페 구석에 앉아
발가락을 까딱거리며 리듬을 탄다

연주자의 표정이 즐겁고
기타 줄의 울림이 정겹고
내리비추는 조명의 불빛이 따스하다

어떤 이는
팔짱을 끼고 엉덩이를 의자 끝까지 쑥 내민 채
무슨 생각에 잠겼는지 눈을 감고 있고

한 커플은
좁은 무대 한켠에서 음악에 취해
서로를 부둥켜안고 뒤뚱인다
얼굴을 마주 보고, 키스를 나누고
귀에 뭔가를 속삭이며 세상 행복한 모습이다

또 어떤 이는
이리저리 각을 재 가며 촬영하기에 바쁘다
지인들에게 보여 줄 요량인지
시간이 흐른 후 다시 돌아볼 추억거리인지

같은 시간
같은 장소
같은 음악

누군가는 과거를 추억하고
누군가는 음악과 한 몸이 되어 현재를 즐기고
또 다른 누군가는 나중을 위해
현재의 희생을 적당히 치르고 있다

서로 다른 삶의 시제들을 살고 있다

이런 뒤섞임 속에도
그게 뭐 대수냐는 듯

연주는 계속되고
밤은 깊어만 간다.

# 고 녀석 참

창밖으로 보이는
초등학교 운동장

열 살이나 되었으려나
수십 명의 꼬맹이들이 줄지어 서 있고
앞에선 누군가 마이크를 들고 연설이 한창이다

요놈들,
잠시도 가만있지 못한다
장난치고
수다 떨고
이리저리 뛰어다니고

그중
눈에 띠는 한 녀석

뭐가 그리 불만인지
애꿎은 땅을 계속 차고 있다
오늘 시간표가 무척이나 맘에 안 드나 보다


체육 시간 없는 날,


천근만근
축 늘어져 학교로 향하는
내 아들 녀석의 표정을 그대로 닮았다.

# 고도 근시의 비애


안경 렌즈가
언제 이렇게 두꺼워졌을까


허기야,
강산이 네 번이나 변할 세월을 지나오며
어찌 예전의 날씬한 모습을 유지할 수 있겠는가
내 몸도 이렇게나 두꺼워졌는데


초등학교 시절


"난 안경 낀 애가 멋있어 보이더라"


어여쁜 짝꿍의
지나가는 말 한마디에


독수리 시력을
안경과 찰떡궁합 시력으로 바꾸기 위해

진심 열심이었던 노력의 결과물


이제는


길을 걷다가도
내 옆을 스쳐 지나는 어여쁜 여인네들을
곁눈질할 수도 없다


안경테에 가리고
렌즈에 굴절되어 잘 보이질 않으니


그렇다고
대놓고 고개를 돌릴 수는 더더욱…


무슨 이런 넘의 시력이…
좋은 시절 다 갔네, 다 갔어.

# 어쩐지

내 옆자리 노부부
허어연 백발에 굽은 허리

두꺼운 돋보기안경에
코앞까지 스마트폰을 갖다 대고는
각자 뭔가에 열심이다

벌써 한 시간째
두드렸다 문질렀다
어설픈 손놀림이지만
얼굴에 머금은 미소가 여유롭다

도시로 떠난 자식들의 안부를 묻고 계신 걸까
눈에 넣어도 아프지 않을 손주 녀석과
수다를 떨고 계신 걸까

내내 지켜보다
화장실 가며 힐끗 쳐다보니,

이런,
게임 하신다.

# 내 글의 수명

처음에 글을 쓸 때는
써 내려가는 중에도

오~ 이래도 되는 건가
정녕 내 머릿속에서 나온 표현이란 말인가
이러다 혹시 베스트셀러 작가의 길로
들어서 버리는 건 아닌가

온갖 흥분 회로를 돌리다가

다음 날,
다시 마주하면
어김없이 알게 된다

전날 술에 취해 지껄인
글로 된 술주정이었다는 사실을

미련이 남았을까


그래도 다시 한번,
고치고 또 고치다
결국,
없던 일로 하기로 한다


그렇다
내 글은 하루를 넘기지 못한다.

# 뭐든 적당히

우리는
숨바꼭질 놀이할 때
술래가 찾지 못할 곳을 찾아
자신을 꼭꼭 숨긴다

그러다
한참이 지나도록
술래가 나를 찾아내지 못하면
슬슬 불안해진다

아무도
내가 여기 있다는 걸
몰라줄까 봐

모두가 떠나고
나만 덩그러니 혼자 남겨질까 봐

그래서 오히려
슬그머니 술래를 찾아 나선다


그렇다


적당히 숨어야
술래가 나를 두고 가 버리지 않는다


내가
잊혀지지 않는다.

## 역효과

사람들 북적이는
한여름 밤의 야외 카페

묘한 기분이 들어 다리를 내려다보니
부른 적도
왔는지도 몰랐는데
무릎에 다소곳이 앉아
티 나게 배를 채우고 있는 요 녀석

불쌍타
너도 먹고살려다 보니…
큰맘 먹고 살려 보냈더니

동네방네 호구 왔다 소문을 낸 것인지
떼거리로 몰려와 서로 좋은 자리 잡느라 바쁘다
어이없다

공짜라 여겼겠지?
그중 한 넘을 본보기 삼아
손바닥으로 짝~


그 소리에 화들짝 놀라 흩어지더니
미련인지, 미련한 건지
또다시 웽웽


안 되겠다


나도 질세라
모기 기피제를 듬뿍 뿌린다
효능 좋다 여기저기 소문난 바로 그~
코끝을 찌르는 강한 향에 기대 뿜뿜


그러나 잠시 후
나는 알게 되었다


이걸 바르니
요놈들이

하나같이 코감기에 걸렸는지
아랑곳없이 제 할 일에 열심이고

대신,

내 주변 사람들이
하나둘 사라진다는 것을.

# 위로

알아주지 않는다 해서
존재하지 않거나
의미가 없는 건 아니다

이젠,
내가 지금도 이 세상에
살아 숨 쉬고 있고
충분히 그래도 된다고 말해 주고 싶다

나에게
또
당신에게.

# 보도블록 틈에 핀 꽃

내가 뭔가에 정신이 팔려
하마터면
너의 작고 이쁜 얼굴에
씻지 못할 상처를 남길 뻔했다

그러게
좀 더 눈에 띄게 자라지 그랬어
그렇게
낮은 모습으로 웃고 있으니
네가 거기 있는 줄도 몰랐잖아

무슨 사정이 있어
여기서 이렇게
이 위험한 삶을 시작했는지 알 수 없지만

옆에 쪼그리고 앉아
너를 보고 있자니

외줄타기 삶을 살고 있는 이가
너뿐일까 싶네.

# 산다는 게 어려운 이유

뭐라도 끄적거려야겠다는
생각이 들 때마다
펜을 들고 이리저리
종이 위를 누빈다

마음이 가는 대로
생각이 불러 주는 대로

그렇게 한바탕
그저 그냥 써서는
그렇게 서랍 속으로 향했던 글들

다시 꺼내 읽어 보면
여기저기 손볼 데가 한두 군데가 아니다
이렇게 또 저렇게 고치기를 여러 번
그런대로 만족하려면 한나절은 족히 걸린다

생각이 가는 대로
마음이 불러 주는 대로

그렇게 한바탕
그저 그냥 살아왔던 인생

다시 돌이켜 생각해 보면
여기저기 아쉬운 데가 한두 군데가 아니다

글이야
한나절이면 고친다지만

그간의 내 삶은
한평생을 들여도 고칠 수 없으니
안 고쳐도 되는 삶을 사는 수밖에

그래서 어려운가 보다
산다는 것은.

# 고장 난 냉장고

분명
후회했던 게야
내게 속을 다 내보인 것을

분명
화가 났던 게야
그런 너에게 관심을 주지 않는 나에게

그 오랜 세월

밀었다 당겼다
그렇게 너를 힘들게 한 나를
얼마나 속 끓이며 견뎌 왔을까

그래도
염치없지만,
조금만 더 참아 주지 그랬어

그렇게 모진 한파도
잘 견뎌 왔는데

하필 이 무더운 여름날에
이렇게 갑작스레.

# 여인과 옥수수

오 분만 걸어도
머리에서 시작된 땀줄기는
귓바퀴를 돌아 목을 타고
셔츠 속으로 스며든다

뜨거운 밤공기와
수많은 오토바이들이 뿜어내는 매연들이
폐 깊숙이 밀려오고

희미한 전봇대 불빛 아래서
한 여인이 희끗한 머리칼을 고무줄로 묶고
깨진 보도블록 귀퉁이에 쪼그리고 앉아
옥수수를 굽는다

서너 개의 옥수수가
불 위에서 뒹굴며 주인을 기다리고
연신 땀을 훔쳐내는 여인의 곁엔

이마에 깊게 패인 주름에
밤보다 더 어두운 낯빛을 하고

한 남자가
같은 쪼그림으로 앉아
연신 담배 연기를 뿜어내고 있다

오늘은 저 담뱃값은 벌기는 한 것일까?

사람들의 발길이 끊기고
못다 판 옥수수를 짊어지고
집으로 향하며 그들이 느낄 삶의 무게를
고스란히 짊어지기라도 한 듯

내 마음은

모퉁이를 돌아서는 내 몸을 따라오지 않고
자꾸
그곳을 맴돌고 있다.

# 나를 살리는 알람

잊기 전에
먼저 잊히는 기억

잊히기도 전에
미리 잊으려 애쓰는 기억

좋은 것이든 나쁜 것이든
내 노력과 의지엔
한계가 있는 것

하지만
우리에게 본능처럼 내재된
편리하고 고마운 수단
'망각'

인제 그만
모든 걸 다 내려놓고 싶다

속으로
겉으로
수없이 반복하면서도
이렇게 아직 살아 숨 쉬는 건

잠든 아이의 얼굴을
시리도록 파아란 하늘을
나를 향한 누군가의 환한 미소를 보는 순간

맞춰 놓은 알람마냥
알아서 작동해 주는
그 '망각' 덕분이겠지

너무 힘들어 말자

언제든, 때가 되면
내 숨을 이어 줄 알람이
울릴 거라는 걸
이젠 아니까.

## 삶이 가벼워지는 위안

삶이
실제보다 더 힘든 이유는
어쩌면

새털같이 많은 날들을
어떻게 살아가야 할까
늘 고민하기 때문일지도 모른다

삶의 벽에 부딪힐 때마다
반복하게 되는 같은 고민들

누가 약속이라도 했던가
그런
수많은 날들을 허락하겠노라고

우리는
어제 죽어 간 이들이

그렇게 고민하던 오늘을 살며
그들처럼
내일을 살아 낼 걱정을 하고 있다


올지도
오지 않을지도 모를 내일을 위한,
또 내일은
그다음 내일을 위한 제물로 바쳐 가며…


오롯이 지금 이 순간을 살자


삶에는
반드시
마지막 날숨의 순간이 오고


그것이
오늘일 수도 있다는 사실만큼
우리 삶을
가볍게 해 주는 위안도 없지 않은가.

# 소풍 같은 삶

인생은
소풍 같은 것이라는데

소풍은
내가 가고 싶은 곳을 선택할 수 있지만
나의 이번 생은
내가 선택해 온 곳이 아니니

전생의 죄가 크다면
유배라 하겠고
그렇지 않다면
여기로 발령받았다고나 할까

어떤 연유로
이곳에 왔는지
아무도 알려 주는 이 없지만

그저
이곳의 풍경을 입고
이곳의 바람을 호흡하며


이곳의 생명들과 어울려
허락받은 동안 머무는 것
그러다
때가 되면 떠나는 것


어디서 왔는지 알 수 없으니
돌아갈 일도 막연한 일


어차피
단 한 번으로
끝날 것만 같은 소풍


더 많이 숨 쉬고
더 많이 어울리다

미련일랑
가벼이 훌훌 털어 버리고
나를 반겨 손짓하는 곳으로
뚜벅뚜벅 걸어가야지.

미련일랑

# 소나무와 단풍나무의 사랑

그는 늘 푸른 옷을 입고
바람 속에 서 있었다

나는 계절에 따라
여러 색깔의 옷을 갈아입었다

여름,
그의 어깨에 잎사귀 웃음을 기대고
햇살을 그릇째 받았다

가을,
나는 온 세상의 빛을 품으려 했고
손끝 마디마디
너의 영원한 푸르름마저 꿈꿨다

겨울이 오면
나는 천천히 나를 벗어야 했다

한 장, 또 한 장 나를 털어내며
그 앞에서
사라지는 연습을 했다

나의 메마른 가지가
차가운 공기를 붙잡고 떨릴 때마다
그의 푸른 잎들은
나의 안부를 물어 주었다

땅속,
우리는 손을 놓은 적이 없었다
어제도, 오늘도
깊은 흙 속에서 숨이 섞였다

내가 없는 계절에도
그는 나를 불러 주었고
뿌리까지 번져 오는 따스함이
차가운 흙을 데웠다

봄,
나는 다시 그를 향해 달려간다


연녹빛 그리움이
한꺼번에 터진다


그는 아무 말 없이
나를 안아 주었고
그 품 안에서 나는
잃었던 시간을 씻어 내린다


그리고 알았다
땅속 깊은 곳에서
사철 변하지 않았던 그의 사랑을.

# 막차

오기나 하려나

이 산골 흙길 모퉁이
찢겨져 나간 정류장 간판에도

흙먼지 끌고 저 멀리서
나를 반겨
거친 심장 몰아세우며
오기나 하려나

밤은 깊어 가고
갈 길 급한 내 마음은
굽이도는 흙길 저만치
벌써 마중을 나섰는데

아는지 모르는지
칠흑같이 어두운 산허리

오기나 하려나

동동동
발 구르며
애타게 기다리는 내 마음을
알기나 하려나.

# 평행선

나는 나의 우주를
너는 너의 별자리를 꿈꾸고

좁혀진 거리만큼
다시 만날 수 있겠다는
희망을 품고서도

결국
우리가 찾은 건
서로 다름의 이유들

서로를 향해 아주 조금만
고개를 돌려 보자고,

나는 나의 우주를 비틀고
너는 너의 별자리를 흔들어
서로의 궤도를 벗어나려 해 보지만

우린 아직도
같은 곳에 멈추고
같은 곳을 바라본다

언젠가
우리의 영혼이
아주 희미하게나마
서로에게 기울어져 있던

그때를
나는 기억한다.

# 거짓말

다시 돌아와
네 앞에 섰을 때
우린 서로
아무 말도 하지 못했다

가슴에 품었던
수많은 얘기들은
굳게 다문 너의 입술 앞에서
한순간에 무너져 버리고

보고 싶었다는 말 대신
오히려
혼자여서 홀가분했다는 말로
나는 나를 속였다

그날 이후
나는 매일 같은 거짓말로

스스로를 세뇌시킨다

괜찮다고,
더는 보고 싶지 않다고

하지만
그럴수록
더 선명해져만 간다
너와의 기억은.

# 헌책방

바람도 잠시 머물다 돌아가는
골목 모퉁이


세월의 무게를
고스란히 짊어진
낡고 기우뚱한 간판 아래


한때는 누군가의 밤을 지새우게 했을
수많은 제목들이
먼지와 뒤엉켜
전성기의 추억을 더듬고 있다


책장을 열면
오래된 사연들이 날아오르고
누군가의 소중했던 흔적들이
색 바랜 종이 위에
조용히 누워 있다

오래전
누군가의 시선이 머물렀을 자리에
오늘은
내 마음이 잠시 머물며 묻는다

그 사람은 어떤 사람이었을까

책보다
사람에게 마음이 가는 건
왜일까

한 권의 추억을 들고
돌아오는 길

나보다 더 오래된 골목이
시큰둥한 배웅을 한다.

# 멈춰 선 기차역

두 시 오십 분

벽에 걸린 시계는
몇 년째 같은 시간을 살고
종착역을 알리던 종은
자신의 소리를 잊었다

플랫폼 위에
분주하던 그림자들은
시간 속에 흩어지고

마지막 기차가 남긴
쇠 비린내와 철길의 녹슨 침묵은
높게 자란 풀들 속에
잠들었다

전광판엔
끝까지 버티다
허옇게 늙어 버린 열차의 이름들이
미련처럼 매달려 있고

깨진 창문 틈으로
저녁 노을빛이
매표 창구 유리를 두드리며
가고 없는 발길들을 그리워한다

이제 여기선
아무도 떠나지 않고
누구도 기다리지 않는다

남겨진다는 건
언제나 서글픈 일

잊혀진다는 건
언제나 두려운 일.

# 시를 쓰는 사람들

새벽보다 먼저 깨어
종이 위에
아직 세상에 없는 시선을
앉히는 사람들

햇빛이 마루 끝에 번질 때까지
그것들에 숨을 불어넣어
심장을 깨운다

말보다 깊은 침묵
노랫말보다 오랜 여운

그들의 손끝에선

불타는 태양은
바다에 잠겨 꺼지고
빛보다 빠른 달팽이

고래는 어항 속에서 잠이 들고
스치는 바람은 어느새
자유로운 영혼이 된다


계절을 입고
풍경을 마시며
별빛, 달빛의 속삭임을 듣는 사람들


격렬한 폭풍 속에서도 끝내
꽃을 피워내는 사람들.

# 용서

물이 바위를 깎은 건
거센 힘이 아니라
끝없는 머뭇거림이었다

당신이 남긴 말의 모서리도
그렇게 서서히 닳아
둥글어지길 바라면서도

오래도록
손안의 유리 조각처럼
나는 그 상처를 들고 다녔고
잊히기라도 할세라
계속 나를 찔러 댔다

그러다 어느 날,
아픔이 희미해지는 순간이 왔다

나를 찌르던 조각이
모래가 되어
손가락 사이로 흘러내렸다

그건 우연이 아니었다
망각도,
당신이 사라진 일도 아니었다

다만,
내 안의 길었던 겨울을 데워
이젠 봄을 맞이하겠다는
나와의 약속이었다.

# 마음이 흔들리는 이유

나뭇가지가 흔들리는 건
바람 때문이 아니야

거기에 매달린 잎사귀들이
세상에게 말을 걸고 싶어서
손을 흔들기 때문이야

내 마음이 흔들리는 건
널 미워하기 때문이 아니야

거기에 매달린 상처들이
빨리 아물고 싶어서
몸부림치기 때문이야.

# 빈자리

네가 떠난 그날부터
나는 매일
내 안에 의자를 놓았다
언제든 앉아 울 수 있게

그러다 언제부턴가
의자가 비어 있는 게 편안해졌다.

# 밤에 하는 작별

어둠이 찾아들고
내 그림자가 옅어질 때
나의 숨은 길게
밤의 침묵을 향한다


서서히
몸을 채워 오는 고요


머릿속 무거운 먹구름을 덜어내고
폐 깊숙이 스며들며
온몸의 세포들이 잠잠해진다


이내 따스한 기운이
얼굴로 번지고
여기저기 뭉쳐 있던 실타래들이
그 엉킨 매듭을 푸는 밤

비워내야지
내려놔야지
그냥 흘러가게 둬야지

슬그머니 내 몸을 빠져나가는,
오늘 하루
나를 가득 채웠던 허상들에
조용한 작별을 고한다.

# 알아차리고 흘려보내기

내 손안에
인생 리모컨이 있다면
내 삶의 모든 장면을 바꾸고 싶습니다

내 맘대로
채널을 돌려
나를 힘들게 하는 장면일랑 넘겨 버리고
늘 행복한 영상만 반복하고 싶습니다

내 기억 속에 맺혀 있는
시름시름 앓으며 죽어 간 수많은 관계들
내 고막을 울리는
스스로 마침표를 찍는 누군가의 처절한 사연들도
할 수만 있다면
멈춤 버튼으로 묶어 두고 싶습니다

하지만 내겐
그런 리모컨이 없습니다
나는 그 어떤 것도 통제할 수 없습니다

그래서, 이젠 그냥
보이는 대로 보고
들리는 대로 듣고
있는 그대로 받아들이렵니다

포기가 아닙니다
오히려,
통제할 수 없는 현실적인 것들에 대해
알아차리기만 할 뿐
순리대로 흘려보내겠다는
나의 의지이자 다짐입니다.

# 개울이 바다를 만나다

정말 몰랐었다
너를 만나게 될 줄은

그저
상황이 이끄는 대로
낯선 굽이굽이
이리저리 치이며 흘러왔을 뿐

처음 만난 나무와 돌들
그 사이를 비집고 내려가다
발을 헛디뎌 십 미터 아래로 굴러떨어져
우연히 만난 산 중턱 구덩이

이참에 좀 쉬어 가자
여독을 푸는 동안,

내 속엔 이끼가 자라고

어느새 새 생명들이 둥지를 틀어
나의 여정은 여기서 멈추는가 싶었다


그때까지도


꿈에도 몰랐었다
너를 만나게 될 줄은


나와 다른 곳에 태어나
나와 다른 삶의 속도로
네 길을 가던 너를 만난 건
어느 여름, 폭우가 쏟아지던 날


난 불어난 몸집을 감당 못 해
짐을 꾸릴 틈도 없이
그간의 인연들마저 거칠게 떠나보내며
다시 길을 나섰고


목적지도 없이 내달리는 내 옆구리를
살짝 건드리는 이 있어

돌아보니 그게 너였다

너를 본 순간
운명처럼 나는 너를 품었고
더 거침없는 몸짓으로
언젠가 이 여정이 멈출 그 어딘가에
무사히 데려다주겠노라
약속했었다, 너에게.

그러다
상상도 못 한 더 넓고 거친 세상에 부딪혔고
마주 잡았던 손을 놓친 우리는
미아처럼 헤어졌다

세 갈래, 네 갈래 찢겨지며
애초에 없었던 인연인 양
그렇게
바닷속으로 흩어졌다

세월이 흘러

각자의 길로 너무 멀리 흘러가 버린 우린

서로에게 돌아오는 길을 잃었고


이제 누구도

더 이상

그 여름을 추억하지 않는다.

# 고흐를 떠올리며

가난은
늘 그의 곁에 있었다
빵 한 조각보다
물감 한 통을 더 귀히 여기며
허기진 배로 화폭을 채웠다

세상은
그의 그림을 사지 않았고
사람들은
그의 고독을 이해하지 못했다
밤마다 귓가를 파고드는 어둠은
그를 끝내 상처 입혔으나

그는 멈추지 않았다

햇살을 삼켜
노란 해바라기를 피워내고

고통의 심장을 갈아
별빛의 밤하늘을 날아올랐다

삶은 그를 버렸지만
그의 붓끝은
세기를 넘어 살아남아

오늘의 나는
그가 남긴 하늘을 바라본다
끝내 사라지지 않는 불꽃처럼
어두운 밤을 밝혀 주는 빛을

그리고 그 빛은
내 안에서
새로운 불꽃으로 되살아나
내일의 나를 만들어 갈 것이다.

# 명상, 마음을 묶어 두다

머리카락이
두피를 꼭 붙들고 있다


미간의 실 같은 주름들은 펴지고
콧구멍을 드나드는 바람이
그 입구와 안쪽 깊숙한 벽에 부딪친다
입꼬리의 미약한 움직임에 턱이 살짝 들린다


침은 목구멍을 미끄러져 내려가고
어깨가 펴지며
가슴이 부풀었다 꺼진다


어깨를 지난 이 전류 같은 느낌은
팔꿈치를 지나고 손목을 거쳐
어느새 손끝에 이르고

뒷목에서 척추를 따라 흘러
엉덩이를 지나는 기운과
허벅지에서 만나 잠시 머물다

무릎과 종아리를 지나,
발뒤꿈치를 돌아
발가락 끝으로 사라진다

어딘가엔 반드시
머물러야만 하는
우리의 마음

오늘도
갈 곳 몰라 방황하는
이 마음을
내 몸에 묶어 둔다.

# 콜라와 파르페

사전적 의미로
'땜빵'은
남의 일을 대신하여 시간을 보내거나
구멍 나거나 금이 간 것을 때우는 일을 속되게 이르는 말
이다.

대학 시절
다른 과 후배들 3:3 미팅 자리에
땜빵을 나가게 된다. 그것도 학번을 속이고.

멤버 중 한 명이 사정이 생기는 바람에
같은 자췻집에 서식하던 여러 명 중
그나마 만만해 보였는지
내가 러브콜을 받게 되고…

내심,
미팅 나가 본 지 오래라며

좀 망설이는 척
좀 비싼 척하고 싶지만


혹시나 못 나온다던 녀석이
갑자기 맘이 바뀌어 나타날까 봐
얼른 대답한다.
언제냐고. 미팅이.


단체로
미팅을 하다 보면


당시 유행가 가사처럼
제일 못생긴 애가(우리는 폭탄이라 부른다)
훼방 놓기 시작하면
그날은 그것으로 마무리되고 마는 까닭에


그런 재난에 미리 대비하는 차원에서
이 폭탄을 전담할 한 명을 투입하게 되는데


눈치를 보아하니

헐~
나더러 그 역할을…

뭐…
그러겠노라
웃으며 말은 하지만
왠지 좀 서운하다.
아니 엄청.

그러나
이 두 녀석에겐
첫 미팅이란 걸 알게 되니
한껏 오른 뜬금없는 사명감에
어깨가 무겁다.

대개의 경우
첫 대면을 하는 순간
본능처럼 알게 된다.

그냥

커피숍 1차로 끝내고 해 지기 전에 헤어질 건지
아님
2차로 술이라도 한잔할 건지

우리는 빠른 결정을 위해 각자의 의사 표시를 위한 암호
까지 미리 정해 둔다.

상대방이 맘에 들면
'파르페'(당시 커피숍에선 젤 비싼 메뉴 중 하나)
도저히 아니다 싶으면
'콜라'

자취생들 주머니 사정이야 말해 뭐 하겠는가
비용 줄이는 데는 콜라만 한 게 없다.

중립을 표시한답시고
사이다나 주스를 시키는 일이 생겨서도 안 된다.
의견이 많으면 미팅도 산으로 간다.

마침내

그날이 오고…
주인공은 늦게 나타난다 했던가.


우리는 커피숍에서 한 시간을 기다린다.
이쁘게 꾸미고 나오느라
늦을 수도 있겠다 생각하며 애써 맘을 달랜다.
스마트폰이 없던 시절
어디쯤 왔는지 확인할 수도 없으니.


드디어
세 명의 주인공들이 등장하고
짧은 고갯짓 인사를 나누고 맞은편에 앉는다.


어색함이 살짝 감돌 때쯤
폭탄으로 보이는 여자애가 불쑥 말을 건넨다.
그것도 나를 쳐다보며,


"너희들 00학번이지? 우리 그냥 편하게 말 놓자"


그러고는 자기네끼리 눈짓을 주고받더니 주문을 한다.

파르페 셋.


파르페라는 말에 순간 움찔한 후배 녀석이
내게 먼저 선수를 친다.


"너⋯ 넌 뭘로 할⋯래?"
더듬는 말솜씨가 왠지 불안하다.
"어⋯ 난 요즘 탄산음료만 땡겨. 중독인가? 난 콜라"


"원래 같은 거 주문하면 빨리 나오더라구, 나도 콜라"
"그래? 그럼 뭐⋯ 쟤네들도 같은 걸로 시켰으니까, 나도
콜라 하지 뭐"


녀석들
보는 눈들이
여사롭지 않게 통일감이 있다.


'설마'가
'역시나'로 드러났을 때의
같추기 힘든 쓸쓸함 내지는 암울함이라고나 할까

콜라의 까만색이
오늘따라 더 시커멓다.


결국
파르페 셋, 콜라 세 개를 시켜 놓고
서로 멀뚱멀뚱 어색하더니


얼마 지나지 않아


어라…


제법 말도 잘 통하고
농담도 주거니 받거니
시간 가는 줄 모르더니


어느새,
날은 어두워지고
여긴 벌써 호프집.


동기 사랑 나라 사랑 외치며

술잔을 부딪치고
오르는 술기운에
분위기가 한창 무르익어 가는데

술에 취한 건지
아님 실성이라도 한 것인지
후배 한 넘이
어이없는 폭로를 하고 만다.

우리가 주문했던
'콜라'의 숨겨진 비밀을…

순식간에 벌어진 일이라
어쩔 줄 몰라 미안해하며

평소 술을 잘 못 하는 넘이
술에 취해 술주정하는 거라며 무마하려는데
셋이 함께 킥킥대며 웃는다.

"우리 첫인상이 그렇게 맘에 안 들었어? 그러고 보면 우리도 뭐…”

“……?”


“우리도 여기 오면서 그랬거든.

딱 보고 맘에 들면

콜라 시켜서 미팅 비용 줄여 주고,


영 아니다 싶으면

기왕 이렇게 된 거

에라, 비싼 파르페나 시켜 먹고 나오자고”

글을 나가며


사람의 기분은
대부분,
그가 방금 한 '생각'에 의해 결정된다고 합니다.

지금 기분이 좋다면
아마도 조금 전,
좋은 생각 하나가 스쳐 간 것이고,

기분이 나쁘다면
방금 그 감정을 불러온
어떤 생각이 있었던 거겠지요.

생각은
내가 원할 때,
원하는 만큼 꺼내 쓸 수 있는 도구여야 하지만
실상은 그렇지 않습니다.

맥락도 이유도 없이
불쑥 찾아오는 그것들을
미리 막거나 피할 방법도 없습니다.

더군다나
생각은 늘 감정을 데리고 오니,
오늘 하루의 기분은
그 대부분이 생각의 그림자입니다.

이 생각을
깨어 있는 의식으로 바라보지 않으면
평생 '생각의 노예'로 살아갈 수도 있습니다.

결국,
생각을 멈추어야 합니다.

그래야만
감정이 일지 않는 고요한 마음,
그 조용한 상태로 들어갈 수 있습니다.

아무쪼록
이 책에 담긴 작은 글 조각들이
당신에게

끊임없는 생각에서
잠시나마 벗어날 수 있었던
잠깐의 '멈춤'이 되었기를 바랍니다.

# 나도 가끔은 너로 살고 싶다

© 박상중, 2026

초판 1쇄 발행 2026년 2월 14일

지은이      박상중
펴낸이      이기봉
편집        좋은땅 편집팀
펴낸곳      도서출판 좋은땅
주소        서울특별시 마포구 양화로12길 26 지월드빌딩 (서교동 395-7)
전화        02)374-8616~7
팩스        02)374-8614
이메일      gworldbook@naver.com
홈페이지    www.g-world.co.kr

ISBN    979-11-388-5455-9 (03810)